# PIRITHOÜS,

## TRAGEDIE

### REPRESENTÉE

POUR LA PREMIERE FOIS,

PAR L'ACADEMIE ROYALE
de Mufique, le Mardi 26. Janvier 1723.

Le prix eft de Quarante fols.

A PARIS,

Chez la Veuve de PIERRE RIBOU, fur le Quai des
Auguftins, à la defcente du Pont-neuf,
à l'Image faint Loüis.

—————————————

M. DCC. XXIII.

AVEC PRIVILEGE DU ROI.

# ACTEURS & ACTRICES CHANTANS
## dans tous les Chœurs du Prologue & de la Tragedie.

| COSTE' DU ROY. | COSTE' DE LA REINE. |
|---|---|
| *Mesdemoiselles* | *Mesdemoiselles* |
| Constance. | Millon. |
| Souris-L. | La Roche. |
| Antier-C. | Tettelette. |
| Souris-C. | Charlard. |
| Catin. | Perignon. |
| Royer. | Ducoudray. |
|  | Margot. |
| *Messieurs* | *Messieurs* |
| Flamand. | Corbie, |
| Brêmond. | Lemire-C. |
| Loüet. | Morand. |
| Saint Martin. | Dautrep. |
| Deshayes. | Corail. |
| Grand-sire. | Houbeau. |
| Buzeau. | Duchesne. |
| Duplessis. |  |

# ACTEURS CHANTANS

## DU PROLOGUE

| | |
|---|---|
| L'EUROPE, | Mlle. Hermance, |
| L'AMOUR, | Mlle. Catin, |
| L'HYMEN, | Mlle. Lizarde, |
| UNE EUROPE'ENE, | Mlle. Minier, |
| BELLONE, | M. Dun, |

*Chœur des Peuples de l'Europe.*

# ACTEURS DANSANS

## DU PROLOGUE.

---

### BERGER HEROIQUE.

Monsieur Dupré.
Messieurs Dangeville, P. Dumoulin, Maltaire, Duval.

---

### BERGERES HEROIQUES.

Mademoiselle Menés
Mesdemoiselles La Ferriere, de Lastre, Tiber, Roland,
Monsieur Laval, Mademoiselle Corail.

# PROLOGUE.

*Le Théatre repréſente un lieu préparé pour une Fête. L'Eu-*
*rope eſt ſur un Trône ; elle eſt entourée des Peuples les*
*plus conſiderables de cette partie du monde, qui forment*
*les Chœurs chantans & danſans.*

## SCENE PREMIERE.

### L'EUROPE.

Vous ! que le deſtin a mis ſous ma puiſ-
   ſance,
Peuplés heureux, joüiſſés du repos ;
La gloire a couronné vos penibles travaux,
Une tranquille paix en eſt la recompenſe.

a iij

Vos vertus, vos talens, dignes prefens des Dieux.
Rendent l'Europe fans égale,
Et l'Afie, autrefois ma fuperbe Rivale
A perdu pour jamais ce titre glorieux.

Vous triomphés fur la terre & fur l'onde,
Tout fuit vos loix, ou tombe fous vos coups ;
L'Indien vous admire avec des yeux jaloux ;
Les richeffes du nouveau Monde
Ne femblent croître que pour vous.

Chantés, celebrés votre gloire,
Que de vos chants retentiffent les airs ;
Que vos aimables Jeux, que vos brillans Concerts,
En éternifent la memoire.

## CHOEUR.

Chantons, celebrons notre gloire,
Que de nos chants retentiffent les airs,
Que nos aimables Jeux, que nos brillants Concerts
En éternifent la memoire.

*On danfe.*

## UNE EUROPE'ENE.

Doux plaifirs
Tout enchante où vous êtes,
Comblés nos défirs

Dans ces retraites;
Le plus doux des vainqueurs
Regne seul dans nos cœurs.

Quel Empire!
Tout ce qui respire
Soupire
D'amour
Dans ce beau séjour.
Loin de nous
Importune sagesse,
Fuyez soins jaloux
Fuyez sans cesse,
Vous troublés le bonheur d'un Amant;
Un soupçon qui le blesse,
Lui fait quelquefois un tourment
D'un plaisir charmant.

Vous à qui tout rend les armes,
Tendre Amour, lancés vos traits,
Pour la gloire de vos armes
Laissés-nous aimer en paix,
Regnez, mais sans allarmes,
Ou sur nous ne regnés jamais.

*On danse.*

# PROLOGUE.

## L'EUROPE.

*On entend un bruit de Guerre.*

Ciel! quel bruit se répand dans ce séjour heureux?
Qui peut venir troubler nos Jeux.

*Bellonne traverse le Theatre par un vol rapide.*

# SCENE II.

**BELLONE,** *& les Acteurs de la Sçene*
*précédente.*

**BELLONE** *aux Peuples.*

POur vous faire rougir d'une indigne foiblesse
Bellone s'offre à vos regards,
Eh quoi? les favoris de Mars
Sont-ils faits pour des Jeux ou regne la molesse?
Dans un honteux repos gardez-vous de vieillir,
Renouvellez vos anciennes querelles;
Combattez, méritez des palmes immortelles,
Les vaincus même auront droit d'en cueillir.

Courés, volez aux armes,
Hâtez-vous genereux Guerriers.

CHOEUR

# PROLOGUE.

### CHOEUR *de Peuples.*

Courons, volons aux armes.

### L'EUROPE.

Cruelles, voulez-vous que mes larmes
Arrosent encore vos lauriers ?

### BELLONE.

Hâtez-vous genereux Guerriers,
Courez, volez aux armes.

### CHOEUR.

Courons, volons aux armes.

### L'EUROPE.

Maître absolu des Mortels & des Dieux
Si tu ne peux calmer ces transports furieux,
Arme toi, frappe, & d'un coup de tonnerre
Renverse ces audacieux.
Ils veulent rallumer le flambeau de la Guerre.

*Une lumiere se répand dans les airs.*

Le Ciel brille d'un nouveau jour :

Symphonie.

# PROLOGUE.

Quels doux concerts? quel Dieu dans ces lieux va
 descendre?
Je vois l'Hymenée & l'Amour,
Jupiter a daigné m'entendre.

*L'AMOUR & L'HYMEN descendent dans le*
*même char.*

### L'AMOUR à L'EURÓPE.

Jupiter exauce tes vœux;
C'est vainement que Bellone conspire,
Et l'Amour, & l'Hymen par leurs aimables nœuds
Assurent à jamais la Paix dans ton Empire.

### BELLONE.

Eloignons-nous de ces Climats heureux.

*Elle sort.*

### L'HYMEN.

Peuples du Tage, & de la Seine
Liez par une double chaîne
Rien ne sçauroit troubler votre felicité,
Mon flambeau pour l'Europe est un heureux pré-
sage.
Que dis-je! il est le gage
De sa tranquillité.

L'AMOUR & L'HYMEN.

Pubiez l'heureuſe victoire
Que l'Amour & l'Hymen remportent ſur vos
coeurs.
Ils triomphent de vos fureurs,
Chantez votre bonheur & celebrez leur gloire.

*On danſe.*

CHOEUR.

Publions l'heureuſe victoire
Que l'Amour & l'Hymen remportent ſur nos
coeurs,
Ils triomphent de nos fureurs,
Chantons notre bonheur, & celebrons leur gloire.

*Fin du Prologue.*

b ij

# ACTEURS CHANTANS

## DE LA TRAGEDIE.

**PIRITHOÜS**, *Roi de Thessalie*, M. Muraire.

**EURITE**, *Roi des Centaures*, M. Tevenard.

**THESE'E**, M. Dubourg.

**HIPPODAMIE**, *Amante de Pirithoüs*, Mlle. Toulou.

**HERMILIS**, *Sœur d'Eurite, fameuse enchantereffe*, Mlle. Antier.

**ACMENE**, *Confident de Pirithoüs*, M.

**LE GRAND PRESTRE** de Mars, M. Lemire.

*Troupes de Lapithes, Sujets de Pirithoüs.*

*Troupe de Centaures, Sujets d'Eurite.*

*Troupe d'Atheniens, de la suite de Thesée.*

*Troupe de Magiciens.*

**LA DISCORDE,** M. Tribou.

*Troupe de Bergers & de Pastres.*

*La Scene est en Thessalie, aux environs de l'Arisse, Ville Capitale des Etats de Pirithoüs.*

# DIVERTISSEMENT DU PREMIER ACTE.

| | |
|---|---|
| Un Centaure, | M. Grenet. |
| Un Centaure, | M. Lemire. |

## SECOND ACTE

| | |
|---|---|
| Un Songe, | Mlle. Minier. |
| Un Songe, | M. Grenet. |

## TROISIEME ACTE

| | |
|---|---|
| Le Grand Prêtre, | M. Lemire. |
| L'Oracle, | M. Guedon. |

## QUATRIEME ACTE

| | |
|---|---|
| La Discorde, | M. Tribou. |

## CINQUIEME ACTE

| | |
|---|---|
| Première Bergère, | Mlle. Julie. |
| Seconde Bergère, | Mlle. Lizarde. |

# ACTEURS DANSANS
## DE LA TRAGEDIE.

### ACTE PREMIER.
### CENTAURES.

Monsieur F. Dumoulin.

Messieurs Marcel, Dupré, Dumoulin-L', Mion,
Javilliers, Pierret, Maltaire, Duval.

### ACTE SECOND.

### ESPRITS
*Transformés en songes inquiets:*

Mademoiselles Prevost.

Messieurs Dumoulin-L. F. Dumoulin ; P. Dumoulin
Laval, Dangeville, Mion.

Mesdemoiselles Delisle, Rey, Tiery, Duval, Corail,
Lemaire.

## ACTE TROISIE'ME.

### *ATHENIENS ET ATHENIENNES.*

Monsieur Blondy.

Messieurs Dumoulin-L. Mion, Pierret, Maltaire, Duval,

Mesdemoiselles la Ferriere, Delisle, Duval, Delastre,

Rey.

Monsieur Marcel , Mademoiselle Menés.

## ACTE QUATRIE'ME.

### *MAGICIENS.*

Monsieur Dupré.

Messieurs P. Dumoulin, Dangeville, Laval, Pierret,

Mion, Maltaire, Duval.

## ACTE CINQUIE'ME.

### *FESTE DE VILLAGE.*

Monsieur D. Dumoulin, Mademoiselle Prevôt.

## PREMIER QUADRILLE.

Messieurs P. Dumoulin, Dangeville, Mion.

Mesdemoiselles la Ferriere, Delastre, Tiery.

## SECOND QUADRILLE.

Messieurs Pierret, Maltaire, Duval.

Mesdemoiselles Lemaire, Tiber, Roland.

## UN PASTRE.

Monsieur F. Dumoulin.

PIRITHOUS

# PIRITHOUS
## *TRAGEDIE.*

# ACTE PREMIER.

Le Théatre represente les Avenuës & un Palais
que l'on voit dans le fonds.

*La Scene commence au jour naissant.*

## SCENE PREMIERE.

### PIRITHOUS.

TU ramenes trop tôt le jour
Impatiente Aurore;
Soleil n'éclaire point encore
Le malheur qui m'attend dans ce fatal séjour.

A

PIRITHOUS,

Je tremble à le prévoir & je viens pour l'apprendre,
Aimable & cher objet d'un souvenir trop tendre,
Hippodamie est-ce sur vous
Que du Dieu Mars doit tomber le couroux?
Pirithoüs implore ta clemence,
Dieu terrible à tous les mortels,
O Mars! si j'oubliai d'encenser tes Autels,
Puni moi, mais du moins épargne l'innocence.
Je vois Acmene.

# SCENE II.

## PIRITHOUS, ACMENE.

### PIRITHOUS.

EH! bien que m'aprens-tu?

### ACMENE.

Armez-vous de votre vertu.
Votre malheur n'est que trop veritable
Hippodamie est dans les fers.

PIRITHOUS.

Pour mériter un si cruel revers,
Dieu vengeur, suis-je assés coupable ?

ACMENE.

Cette fiere Hermilis qui commande aux Enfers,
Qui vous aimoit, & qui n'a pu vous plaire,
Se sert de son pouvoir fatal
Pour venger son Amour & pour servir son Frere.

PIRITHOUS.

Quoi ! le barbare Eurite . . .

ACMENE.

                              Il est votre rival.

PIRITHOUS.

Qu'entends-je ? O Ciel !

ACMENE.

                    Ce jour doit éclairer la Fête
Que pour l'Hymen d'Eurite en ce Bois on aprête.

PIRITHOUS.

Ah ! malgré le couroux des Dieux
Avant que la fête commence
Je percerai le cœur d'un rival odieux.

### ACMENE.

Seigneur, abandonnez ces lieux,
Vous êtes sans défence.

Votre retour vous livre à des cœurs inhumains,
Qui ne respirent que la rage ;
Les efforts de votre courage
Rendront vos perils plus certains.
Attendés que Thesée . . . .

### PIRITHOUS.

Il sçait que le perfide
Au mépris de la paix envahit mes Etats ,
Pour l'en punir il marche sur mes pas.

### ACMENE.

Mais cependant Seigneur ! le péril est extrême.
Qui vous a fait quitter ce glorieux vainqueur
Pour venir seul ? . . .

### PIRITHOUS.

Un songe ; ah ! j'en fremis d'horreur
Il te fera fremir toi-même.

J'ai vû le redoutable Mars,
Ila fureur animoit sa voix & ses regards ;
Tremble, m'a-t-il dit, tremble,
Mes Autels négligez
Seront vangez.
Par toutes les horreurs que contre toi j'assemble.
Interdit, tremblant, allarmé,
J'ai fait de vains efforts pour calmer sa colete ;
Mon repentir sincere
Ne l'a point désarmé.
Pour redoubler mes mortelles allarmes
Je vois Hippodamie aux fers.
Le Dieu s'envole au bruit des armes ;
La terreur, les cris, les larmes
L'accompagnent dans les airs.

ACMENE.

A voir changer le sort vous devez vous attendre :
Thesée en ce moment va peut-être arriver.

PIRITHOUS.

Mais si l'Hymen va s'achever ?

ACMENE.

Pour l'empêcher, Seigneur, que faut-il entreprendre ?

PIRITHOUS.

Ami, mon sort te fais pitié ;
Je suis sensible à l'amitié
Qui te fais avec moi braver le précipice.

PIRITHOUS.

O Mars ! si jadis dans l'Ariffe
Je ne t'offris pas de l'encens,
Helas ! reçois pour facrifice
Toutes les peines que je fens.

AGMENE.

Déja votre ennemi s'avance.
Si vous voulez renverfer fes projets,
Seigneur, pour un moment faites vous violence,
Retirons-nous fous ce feüillage épais.

Ils fortent.

# SCENE III.

EURITE, HERMILIS.

EURITE.

E Nfin la Theffalie eft foumife à mes loix,
Tout céde à mon pouvoir fuprême ;
Je fuis le plus heureux des Rois
Si l'hymen en ce jour m'unit à ce que j'aime.

HERMILIS.

Le spectacle m'en sera doux.
Vous possederez ma rivale,
Et sa beauté que rien n'égale
La rend aussi digne de vous
Qu'elle est digne de mon courroux.

Vous avez sur moi l'avantage
De posseder l'objet dont vous êtes charmé;
Ah! puissiez-vous en être aimé
Au gré de ma jalouse rage.

EURITE.

Aimé! non, ma fidelle ardeur
Ne peut triompher de sa haine.

HERMILIS.

A cette haine, opposez la rigueur.
Forcez, forcez le penchant qui l'entraîne.
Qu'importe que l'amour, ou l'hymen vous enchaîne;
Soyez heureux aux dépens de son cœur.

EURITE.

On veut être aimé quand on aime,
Un cœur tendre veut du retour
Quel tourment, quelle peine extrême
De devoir au pouvoir suprême
Un bien qu'on attend de l'amour?

# SCENE IV.

**EURITE , HERMILIS , HIPPODAMIE ,**
*Troupe de Centaures, Troupe de Lapithes enchaînés.*

**EURITE à HIPPODAMIE.**

Princesse, ce n'est point un superbe vainqueur,
 Qui veut vous éblouïr par l'offre d'un Empire ;
 C'est un tendre Amant qui n'aspire
Qu'au sensible plaisir de toucher votre cœur.
 Brisez les fers dont la victoire
Enchaîne dans ces lieux des peuples malheureux ;
 Regnez sur moi , regnez sur eux ;
 Faites mon bonheur & leur gloire.

*Aux Centaures.*

 Vous qui suivrez bien-tôt les loix
 Du digne objet dont j'ai fait choix ,
Chantés l'hymen , celebrés ma conquête.

Centaures , unissés vos voix ,
Et que tout parle dans ces bois
Des plaisirs que l'amour m'aprête.

HIPODAMIE.

HIPPODAMIE *à part.*

Quel supplice ! ô Dieux ! quelle fête !

*Chœur de Centaures.*

Que nos chants remplissent les airs,
Dans le fonds des forêts que nos sons se répandent ;
Que nos voix jusqu'aux Cieux s'étendent :
Echo, répetés nos Conçerts,
Que les Dieux des Bois les entendent.

*On danse.*

*Deux Centaures.*

Du Dieu d'amour dans nos bois
Nous reconnoissons l'empire,
Sans languir on y soupire,
Nous adoucissons ses loix.
Des inquiettes allarmes
Nous ignorons les douceurs ;
Mais nous connoissons les charmes
Des mutuelles ardeurs ;
Et ce sont les seules armes
Qui triomphent de nos cœurs.

*On danse.*

B

### EURITE à HIPPODAMIE.

Tout eſt prêt il eſt tems que l'amour nous uniſſe ;
Venés ſur cet Autel me donner votre foi

### HIPPODAMIE.

Le puis-je ? helas ! ſans injuſtice ?
Vous ſçavez à qui je la doi.

### EURITE.

Sans vous parler de ma puiſſance,
Princeſſe, mon amour vous fait une autre loi.

### HIPPODAMIE.

J'ai toujours été libre, au moins diſpenſés-moi
D'une ſi prompte obéïſſance.

### EURITE.

Je vous aime & je ſuis Roi.
Approchons de l'Autel.

# SCENE V.

PIRITHOUS, *& les Acteurs de la Scene précedente.*

### PIRITHOUS.

Arrête.

### EURITE.

Ciel ! c'eft Pirithous.

### HERMILIS.

O Dieux !

### PIRITHOUS à EURITE.

Quel infolent triomphe ici bleffe mes yeux
    Quelle eft cette odieufe fête ,
Qui t'a rendu maître en ces lieux ?

### EURITE.

L'ignore tu ? c'eft la victoire
C'eft elle qui me rend maître de tes Etats.
Qui met en mon pouvoir , cet objet plein d'ap-
    pas.
Regarde ma conquête , & juge de ma gloire.

B ij

PIRITHOUS.

Non, la gloire n'est point le prix
De la trahison la plus noire.

EURITE.

Un vain couroux, est digne de mépris.
Si je te conserve la vie
C'est pour te rendre encor plus malheureux.
Hippodamie au gré de mon envie
En ce jour, à tes yeux, va couronner mes feux.

HIPPODAMIE à EURITE.

Cruel, n'esperés pas ébranler ma constance.
Je vous le dis encor, j'aime Pirithous,
Et ce n'est point à sa présence
Que vous devés imputer mes refus.

EURITE.

Eh bien, il sera donc l'objet de ma vangeance.

*Aux Centaures.*

Renfermés ces Captifs.

HIPPODAMIE.

Helas!

PIRITHOUS.

Je ne vous abandonne pas.

HIPPODAMIE.

Ciel! j'implore ta défense.
Pirithous, prenez soin de vos jours.

PIRITHOUS.

Ah! je vole à votre secours.

EURITE.

Qu'on punisse à l'instant cette audace insolente.

*Les Centaures l'environnent.*

Qu'on le perce de mille coups.

HERMILIS.

Pour l'arracher à ce fatal couroux,
Démons, remplissés mon attente.

*Un nuage dérobe Pirithous à la fureur des Centaures.*

# SCENE VI.

### EURITE, HERMILIS.

*Les Centaures retirés.*

#### EURITE.

AH ! perfide Hermilis, trahirés-vous toujours
           L'espoir de ma vangeance ?
      Lorsque je puis trancher les jours
D'un rival que le sort a mis en ma puissance
      Votre cœur vole à son secours.

#### HERMILIS.

Ah ! si je suis sensible aux peines qu'il endure
           C'est pour mieux servir votre ardeur.
D'un amour outragé dissimulons l'injure,
Essayons en ce jour ce que peut la douceur ;
           C'est souvent pour aller au cœur
           La route la plus sûre.

#### EURITE.

Rien d'un fatal amour ne peut le dégager,
Il dédaigne vos feux, il ose m'outrager,
      Et vous l'aimés ! ô, Dieux quelle foiblesse !
      Vous frémissés du péril qui le presse.

HERMILIS.

Non, je ne tremble point de le voir en danger,
Mais ma pitié combat encor ma rage.
Helas ! je crains qu'il ne m'outrage
Plus qu'il ne faut pour m'obliger
A le perdre pour m'en vanger.
Cependant pour fléchir ce superbe courage,
Par les plus tendres soins je veux le prévenir.
Ma haine, mon amour, mettront tout en usage,
Si je ne puis rien obtenir
Qu'il périsse, c'est son ouvrage.

EURITE.

Pourquoi differer davantage ?
Vangeons-nous, vangeons-nous, nous sommes ou-
tragés.

EURITE & HERMILIS, *ensemble.*
Il faut que la rigueur accable
Des cœurs qu'on a trop ménagés,
Haine, dépit, fureur inexorable,
Servés l'amour, ou le vangés.

*Fin du premier Acte.*

# ACTE SECOND.

*Le Théâtre change, & represente des Jardins enchantés*
*par l'art d'Hermilis.*

## SCENE PREMIERE.

### PIRITHOUS, HERMILIS.
#### PIRITHOUS.

Ermilis m'offre son secours
Et cependant je suis sans armes !
#### HERMILIS.
Banissés ces vaines allarmes,
Je vous protegerai toujours.
Helas ! comment pouvés vous croire
Que j'expose jamais vos jours ?
#### PIRITHOUS.

PIRITHOUS.

S'ils vous font chers ces jours prenés foin de ma gloire.

Votre pouvoir trop dangereux
Enchaîne en ces lieux mon courage.
Par un mouvement genereux
Faites ceffer mon efclavage.

HERMILIS.

Ingrat, fais donc ceffer l'amour que j'ai pour toi.

Moi-même je fuis dans tes chaînes,
Et je reffens les mêmes peines
Que je te caufe malgré moi.

Ah ! fi la liberté t'eft chere,
Di-moi feulement que j'efpere.
Je te rends libre fur ta foi.

PIRITHOUS.

Helas !

HERMILIS.

A ce foupir n'ai-je rien à prétendre ?
D'un langage fi tendre
Ne puis-je me flater ?

C

PIRITHOUS.

Je ne veux point vous irriter.
Malgré moi mon trouble s'exprime;
A mon cœur allarmé ne faites point un crime
D'un amour malheureux qu'il ne peut surmonter.

HERMILIS.

Si je perd l'espoir de vous plaire,
Pirithous, je puis trop vous haïr:
Ne méprisés point ma colere.

PIRITHOUS.

Je la mériterois si j'osois vous trahir.

HIPPODAMIE.

Eh bien, cesse de le contraindre;
Triomphe, méprise mes vœux;
Aux yeux de ton rival fais éclater tes feux,
Ou plûtôt songe à les éteindre.

Tremble pour ma Rivale elle est en mon pouvoir:
Tremble pour toi; vous avés tout à craindre
D'un jaloux désespoir.

Fureur, viens regner dans mon ame.
Je n'attens plus rien de l'amour.
Vaine pitié fuyez, cedés à votre tour
A la colere qui m'enflâme.

L'objet de ton amour va paroître en ces lieux.
Profite, ingrat, du moment précieux
Que ma foiblesse encor te laisse,
Si tu ne veux voir ta Princesse
Expirer à tes yeux.
Rends-là sensible aux soins d'un rival furieux;
Qu'elle couronne sa tendresse ?

*Elle sort.*

## SCENE II.

### PIRITHOUS *seul.*

P Rince trop malheureux helas ! quel est ton
sort !
Victime d'un pouvoir barbare
De tous les maux qu'on te prépare
Le plus cruel n'est pas la mort.

Le plaisir d'être aimé d'un objet plein de charmes
Fait toute ma félicité.
Quel sera mon malheur si sa fidelité
Devient la source de mes larmes ?

# SCENE III.

## PIRITHOUS, HIPPODAMIE.

### PIRITHOUS.

QUel changement !

### HIPPODAMIE.

Ciel ! quel affreux revers !
Prince trop malheureux !

### PIRITHOUS.

O fortune ennemie !
Quoi, c'est donc vous Hippodamie !
Au sein de mes Etats je vous vois dans les fers.

### HIPPODAMIE.

Ah ! dans l'excès de ma tendresse
Tous mes malheurs me seroient chers
S'ils pouvoient vous sauver du péril qui vous presse.

Mais quel fatal destin conduit ici vos pas ?
Y venés-vous chercher une mort trop certaine?

Quand j'étois feule en ces climats,
Du Tyran furieux, de fa Sœur inhumaine,
Je bravois l'amour & la haine,
Et j'aurois fans trembler affronté le trépas.
Votre retour mé livre aux plus vives allarmes ;
Helàs ! mes foupirs, & mes larmes
Ne feront que hâter les coups
Que l'amour outragé portera contre vous.

PIRITHOUS.

Je ne merite pas une fi tendre crainte ;
Des maux que vous fouffrés je fuis l'unique
auteur,
Et c'eft en vous portant une mortelle atteinte
Que me pourfuit un Dieu vangeur.

HIPPODAMIE.

Laiffe-toi fléchir, Dieu terrible,
Sois touché de nos pleurs, écoute nos regrets ;
Mais fi ton couroux invincible
A nos malheurs eft infenfible,
Epuife fur moi tous les traits.

PIRITHOUS.

Tombe fur moi feul fa vengeance.
Quoi ! je perdois en même jour
Ma liberté, ma gloire, ma puiffance,
Et le flâteur efpoir que me donna l'amour ?

     PIRITHOUS,

HIPPODAMIE.

Je puis être l'objet d'une rigueur extrême,
Mais il ne dépend pas du fort
Que je renonce à ce que j'aime;
Jufques dans les bras de la mort
Mon cœur fera le même.

*Enfemble.*

Rien ne peut éteindre mes feux.
De nos fiers ennemis l'impitoyable haine
Loin de brifer ma chaine
En ferre encor plus fortement les nœuds.

*Le Théatre s'obfcurcit.*

*Enfemble.*

Mais quelle vapeur foudaine
Vous dérobe à mes yeux ?
Nous abandonnez-vous grands Dieux ?

HIPPODAMIE.

Pirithous !

PIRITHOUS.

Hippodan.e !

*Enfemble.*

Ah ! d'une implacable ennemie
Je reconnois le funefte pouvoir.

### HIPPODAMIE.

Pirithous !

### PIRITHOUS.

Hippodamie !

*Enfemble.*

Barbares ôtes-nous la vie
Puifque vous nous ôtés le plaifir de nous voir.
Je me fens arrêter par d'invifibles chaînes.
O mort ! viens terminer nos peines.

*Ils tombent ici enchantés & affoupis fur deux lits de gazon.*

## SCENE IV.

HERMILIS, EURITE, PIRITHOUS,
HIPPODAMIE.

*Le Théatre devient éclairé.*
HERMILIS à EURITE.

APprochons , voyons ces Amans ,
C'eſt par le pouvoir de mes charmes
Qu'ils paroiſſent joüir de ces heureux momens
Où le ſommeil ſuſpend les plus vives allarmes.
Qu'ils ſont loin de goûter des plaiſirs ſi charmans!
   Dans mes trompeurs enchantemens
  Je leur fais voir le péril qui les preſſe ,
    Et leur mutuelle tendreſſe
    Eſt la ſource de leurs tourmens.

      E U R I T E.
  Qu'à leur deſtin je porte envie !
  Ils s'aiment, ils ſont trop heureux.
  La noire & triſte jalouſie
  Nous tourmente & ſerre leurs nœuds.
  Ah ! pour nous quel ſupplice affreux !
  Qu'à leur deſtin je porte envie !
  Ils s'aiment, ils ſont trop heureux.

              HERMILIS.

### HERMILIS.

Efprits foumis à ma puiffance
Raffemblés-vous , fuivés mes loix.
Des fonges inquiets prenés la reffemblance ;
Volés troupe legere, accourés à ma voix.

# SCENE V.

*Les Démons fous la forme des Songes.*

*Les Acteurs de la Scene précedente.*

### HERMILIS *aux Démons.*

D'Un trait fatal , l'Amour nous bleffe,
Et nous bleffe pour des ingrats.
Une fi honteufe foibleffe
A pour nous encor des appas.

Qu'à ces Amans votre pouvoir infpire
Le defir de brifer leurs nœuds.
Mon cœur en ce moment foupire ,
Helas ! c'eft affés vous inftruire
De tout ce que je veux.

D

## CHOEUR.

Que de regrets, de plaintes & d'allarmes
Suivent les conſtantes amours !
Quel tourment ! quelle erreur ! de paſſer ſes beaux
jours
Dans les ſoupirs , & dans les larmes.

*On danſe.*

*Deux ſonges.*

Que les nœuds d'amour ſont charmans
Quand nul obſtacle ne les gêne.
Le doux charme qui nous entraîne
Occupe ſeul tous nos momens.
Mais l'on ſe laſſe d'une chaîne
Qui ne cauſe que des tourmens.

*On danſe.*

*Deux autres ſonges.*

Le péril qui vous environne
N'a rien qui vous étonne,
Votre grand cœur n'en eſt point allarmé.
Mais le plus fier courage eſt enfin déſarmé
Lorſque l'amour jaloux ordonne
De craindre pour l'objet aimé.

*On danſe.*

### HERMILIS.

Eſprits qui m'obéïſſés
Laiſſés-nous ſeuls, diſparoiſſés.

*Les Songes ſe retirent.*

*Hermilis touche de ſa Baguette Pirithoüs & Hippodamie.*

### PIRITHOUS , HIPPODAMIE.
### *Enſemble.*

Ah ! quel pouvoir m'arrache à ce ſommeil terrible ?
Où ſuis-je ? ô Ciel ! mais c'eſt vous que je voi !
Qui s'intereſſe à notre ſort ?

### HERMILIS.

C'eſt moi.

### PIRITHOUS.

Genereuſe Hermilis , ſi vous êtes ſenſible…

### HERMILIS.

Je ne le ſuis que trop, ingrat, en doutez-vous ?
Pour terminer vos maux , pour finir votre peine,
Tout vous dit qu'il faut rompre une fatale chaîne.
Vous vous troublés , je ſens rallumer mon couroux,
Craignez d'être l'objet d'une rage inhumaine.

EURITE à HIPPODAMIE.
Rendés la paix à ces climats,
Soyés sensible à l'ardeur qui me presse.
Si d'un Prince captif le sort vous interesse
Vous pouvés d'un seul mot lui rendre ses Etats,
Vous êtes de son sort souveraine Maîtresse.

Sur votre cœur faites un noble effort.
Cessés de refuser un hommage sincere,
Ou redoutés le funeste transport
D'un Amant qui peut tout & que l'on desespere.

PIRITHOÜS, HIPPODAMIE,
*ensemble.*

Non, je ne puis briser des nœuds si doux.
Quoi, vous pourriés briser des nœuds si doux ?
Ils m'attachent seuls à la vie :
Ah ! que plûtôt cent fois elle me soit ravie ;
Je ne veux vivre ou mourir que pour vous.

HERMILIS.

C'en est trop, la fureur s'empare de mon ame ;
Puisque mes soins sont superflus,
Cesse de me parler, je ne t'écoute plus,
Cruel amour ; je cede au transport qui m'enflâme.

*Chœur derriere le Théâtre.*

#### CHOEUR.

Heros , favorisé des Cieux ,
Hâtés-vous , venés nous défendre.

#### HERMILIS . EURITE.

Quel bruit ! quels cris séditieux !

#### CHOEUR.

Vangés-nous , triomphés d'un Tyran odieux ,
Thesée , accourés nous défendre.

#### PIRITHOUS . HERMILIS . EURITE.
#### HIPPODAMIE.

*Ensemble.*

O Ciel ! Thesée est en ces lieux.

#### HERMILIS.

Protegé par Minerve , il pense nous surprendre :
Maisle fût-il encor de tous les autres Dieux ,
Perfides , vous mourrés ; il ne sçauroit vour rendre ,
La liberté , que vo us osés prétendre.

#### CHOEUR.

Heros , favorisé des Cieux ,
Hâtés-vous , venés nous défendre.

#### HERMILIS.

Il approche , & je dois me cacher à ses yeux ,
Pour punir , cet audacieux :

Jufqu'au fond des Enfers je vai me faire entendre :
Vous êtes Roi, Seigneur, & Roi victorieux,
C'eft à vous ici de l'attendre.

## S C E N E  VI.

THESE'E, HIPPODAMIE, PIRITHOUS,
EURITE.

*Troupe de Theffaliens, Troupe d'Atheniens de la fuite
de Thefée.*

THESE'E à EURITE.

EH! quoi, malgré la foi promife,
  Par une coupable entreprife,
Vous portés en ces Lieux le trouble & la terreur,
Sans craindre que Thefée arme fon bras vangeur ?

EURITE.

Un Roi ne craint que le Tonnerre :
    Soit qu'il faffe la Guerre,
    Ou qu'il donne la Paix,
Il ne doit qu'à lui feul, compte de fes Projets.

THESE'E.

Vous êtes Roi, mais vous êtes parjure.
Eurite, croit-il que j'endure,

Qu'il regne en Theffalie, en Tyran furieux?
Avec Pirithous je partage l'injure,
   Je vangerai le Lapithe & les Dieux.

### EURITE.

A ces Dieux je vais rendre hommage:
Ils ont ramené dans ces lieux
Un Ennemi digne de mon courage.

                           *Il fort.*

### HIPPODAMIE.

Renverfe, ô Ciel ! ces Projets odieux.

### PIRITHOUS à THESE'E.

Je n'ai jamais douté de l'amitié fincere
   Qui vous a fait hâter votre retour;
   Mais, Seigneur, qui peut en ce jour
Sufpendre les effets d'une jufte colere?
Les Monftres, les Tyrans doivent fentir nos coups:
   Du foin de leur faire la Guerre,
   Les Dieux fe répofent fur nous.
Achevons, achevons d'en délivrer la Terre.

### THESE'E.

Moderés cet ardent couroux:

Minerve a pris foin elle-même

De me conduire dans ces Lieux,
Avec tout son éclat se montrant à mes yeux,
Elle m'a du destin appris la Loi suprême.

Pour arracher Pirithous
Au triste sort qui le menace,
Si tu ne peux calmer le fier Dieu de la Thrace,
Tes efforts seront superflus.

HIPPODAMIE.

Pour nous rendre ce Dieu propice,
Joignons nos vœux, unissons-nous ;
Allons sur ses Autels offrir un sacrifice.
Puisse-t-il calmer son couroux.

THESE'E, HIPPODAMIE,
PIRITHOUS.

Allons sur ses Autels offrir un sacrifice.
Puisse-t-il calmer son couroux.

*Fin du second Acte.*

ACT

# ACTE TROISIÉME.

*Le Theatre represente le Temple de Mars, le Sanctuaire
en est fermé.*

## SCENE PREMIERE.

### EURITE *seul.*

Errible Dieu qu'en ce Temple on adore
Toi, par qui tant de fois je fus victorieux,
Mars ! C'est Eurite qui t'implore,
Fais tomber sous mes coups un Rival odieux.

Confonds un Roi qui le protege,
Vange les droits des Immortels,
Refuse l'Encens sacrilege
Qu'on vient t'offrir sur tes Autels.

E

Je servirai ton couroux legitime,
J'y cours, seconde mes efforts,
Ah ! dans l'excés de mes justes transports,
O Mars ! ne me fais point un crime,
Si j'immole à tes yeux ta coupable victime.

Triomphe du mépris qu'on fait de mon ardeur.
Trop indigne Rival ; joüis de mes allarmes,
Mais crains ma jalouse fureur.
Ici tout est soumis au pouvoir de mes armes,
Bientôt le carnage & l'horreur
Te livreront du moins à d'éternelles larmes,
Si je ne puis percer ton cœur.

Que l'impitoyable Bellone
Renouvelle en ces lieux ses ravages affreux.
Qu'elle fasse des malheureux,
L'amour au desespoir l'ordonne.

*Il sort.*

## SCENE II.

### PIRITHOUS, HIPPODAMIE.

#### PIRITHOUS.

LE Ciel sera favorable à nos vœux,
Et l'innocence de nos feux
Doit calmer sa colere :
Je puis sans être temeraire,
Me flatter que d'aimables nœuds
Nous rendront l'un & l'autre heureux.

#### HIPPODAMIE.

Mon cœur malgré moi se refuse
A cet espoir si doux ;
Si cet espoir vous-même vous abuse,
Cher Prince, que deviendrons-nous ?

#### PIRITHOUS.

Nous sommes sortis d'esclavage,
Non, rien ne peut nous séparer.
Ma tendresse pour vous, Thesée, & mon courage
Tout en ce jour nous permet d'esperer

E ij

**HIPPODAMIE.**

Quoi ! Je pourrois vous voir sans cesse ?
Rien ne troubleroit nos amours ?

**PIRITHOUS.**

Il est tems que notre tendresse
Fasse le bonheur de nos jours.

**HIPPODAMIE.**

Quoi ! Nos malheurs …

**PIRITHOUS.**

Perdez-en la mémoire.

**HIPPODAMIE.**

Helas ! mon tendre cœur ne peut se rassurer.

**PIRITHOUS.**

Lorsqu'en ce jour tout semble conspirer
A couronner mes feux & rétablir ma gloire,
Vous combattez l'espoir dont mon cœur est charmé.

**HIPPODAMIE.**

Ah ! si vous étiez moins aimé,
J'aurois moins de peine à vous croire.

**PIRITHOUS.**

Cessez de répandre des pleurs.

HIPPODAMIE.
Le puis-je, helas! ma Rivale est cruelle,
Et vous m'êtes toujours fidelle.

PIRITHOUS.

Ne redoutez plus ses fureurs.
Vous la verrez périr victime de sa rage.

HIPPODAMIE.

Helas! Je crains encor la colere des Dieux.

PIRITHOUS.

Pour se joindre à nos vœux & leur rendre un
hommage,
Thesée avance dans ces lieux.

# SCENE III.

THESE'E, HIPPODAMIE, PIRITHOUS,
*Troupe de Lapithès, Troupes d'Atheniens portant
des Drapeaux & des Trophées.*

THESE'E.

Toi! qui d'un seul de tes regards
Renverse les remparts
O Mars!

## PIRITHOUS,

Reçois ces armes, & ces dards,
Reçois ces sanglants Etendards,
Nous les tenons de la Victoire,
Nous les consacrons à ta gloire.

### LE CHOEUR *repete.*

Toi qui d'un seul de tes regards
Renverse les remparts,
O Mars !
Reçois ces armes, & ces dards,
Reçois ces sanglants Etendards,
Nous les tenons de la Victoire,
Nous les consacrons à ta gloire.

### THESE'E.

Chantons la puissance
Du Dieu des Guerriers ;
Ce Dieu seul dispense
D'immortels Lauriers.

*On danse.*

### LE CHOEUR.

Chantons la puissance
Du Dieu des Guerriers ;
Ce Dieu seul dispense
D'immortels Lauriers.

*On danse.*

*Ici le Sanctuaire du Temple s'ouvre, le Grand Prêtre paroît.*

PIRITHOUS, *au Grand Prêtre.*

Miniftre reveré de ce Dieu redoutable,
    Que la victoire accompagne toujours.
Un Roi malheureux & coupable,
    Pour appaifer ce Dieu, demande ton fecours.

Si tu ne peux calmer le couroux qui l'anime,
    S'il n'écoute point mes regrets,
Obtiens de fa bonté, que pour laver mon crime,
    Je fois fon unique victime,
    Et qu'il épargne mes Sujets.

LE GRAND PRESTRE.

Dieu puiffant reçoi nôtre offrande,
De ce Prince exauce les Vœux;
A cet Empire malheureux
Accorde la Paix qu'il demande.

*Bruit dans le Temple.*

Qu'entends-je! ô Ciel! quel bruit affreux!

LE GRAND PRESTRE *continuë.*

Qui vient troubler nos auguftes Myfteres?
    Qui font ces temeraires?
Dieu terrible, punis ces Projets criminels.

*Ici Eurite paroît, suivi des Centaures armés*

Ose-tu venir dans ce Temple,
Faire la Guerre à nos Autels?
Roi trop audacieux, crains de servir d'exemple,
Aux prophanes mortels.

EURITE *étonné.*

Qui peut suspendre ma vangeance?
D'où me vient ce soudain effroi?
Quelle est la secrete puissance,
Qui porte la terreur jusqu'en l'ame d'un Roi?

LE GRAND PRESTRE.

Reconnois le pouvoir Celeste,
Et redoute un destin funeste.
Mais je sens sous mes pas le Temple s'ébranler:

Ces Voutes s'obscurcissent:
Les Feux sacrés pâlissent:
L'Oracle va parler;
Que tous les cœurs fremissent.

ORACLE.

Au pied du Mont Othris qu'on prépare un Festin;
Qu'en liberté les deux Peuples s'y rendent:
Sur l'Hymen où leurs Rois prétendent,
Ce jour va declarer les Decrets du destin.

Peuples ce jour finira vos allarmes,
La Paix va succeder au tumulte des Armes.

LE

**LE GRAND PRESTRE.**

A ces suprêmes Loix
Obéïssez Peuples & Rois.

*Le Grand-Prêtre rentre. Thesée , Pirithoüs , Hippodamie ,
les Lapithes.*

*Les Atheniens se retirent. Eurite reste avec les Centaures.*

# SCENE IV.

**EURITE.**

QUel oracle a troublé mon ame ?
Que veulent-ils de moi, ces Dieux ?
Veulent-ils traverser ma flâme ?

## SCENE V.

### EURITE, HERMILIS.

#### HERMILIS.

QUe faites-vous encor dans ces funeftes lieux.

#### EURITE.

Helas !

#### HERMILIS.

Vous foupirez , eh ! quoi le fier Eurite
Par un Oracle vain peut fe laiffer troubler ?

#### EURITE.

Un noir preffentiment m'agite.

#### HERMILIS.

Ce n'eft point à vous à trembler.
J'ai des fecours certains pour vanger notre injure ,
Et punir votre heureux Rival.
Suivez-moi , ce feftin lui deviendra fatal.
C'eft Hermilis qui vous le jure.

*Fin du troifiéme Acte.*

# ACTE QUATRIÉME.

*Le Théatre represente un Antre magique.*

## SCENE PREMIERE.

### HERMILIS.

Que viens-je faire dans ces lieux !
Pour faire éclater ma vengeance,
N'y viens-je pas armer l'Enfer contre les Cieux ?
Je le dois... Je le veux. ,. Cependant je balance,
Et mon cœur tendre & furieux,
De ce qu'i projette s'offence.

Foible couroux quelle eſt ton impuiſſance,
Quand tu combats l'amour, quand tu veux
   l'immoler
Je ſoupire, & je ſens que mes pleurs vont couler.

  Mais quelle eſt ma foibleſſe extrême?
Pirithoüs me hait, plein d'un eſpoir flateur.
Il voit Hippodamie... Il l'adore... Elle l'aime,
  O ſouvenir fatal ! O mortelle douleur ?

  Cette douleur ſe change en rage,
  Je ne veux plus que me vanger ;
  La fureur vient me dégager
  D'un honteux eſclavage.
  Je ſens renaître mon courage,
  Periſſe qui m'oſe outrager.

# SCENE II.

## EURITE, HERMILIS.

### HERMILIS.

DAns cet Antre interdit aux profanes humains,
J'implore le ſecours du tenebreux Empire :

Pour favoriſer nos deſſeins,
Il faut qu'avec nous il conſpire.

L'Enfer va nous prêter d'inévitables traits,
Je ſçaurai l'y forcer, Hecate m'en aſſure ;
Que l'eſpoir de vanger une mortelle injûre
A de charmans attraits !

#### EURITE.

Répondez à mon attente,
N'écoutez plus que la fureur ;
Ma colere impatiente,
Murmure de vorce lenteur.

#### HERMILIS.

Votre haine eſt-elle affermie ?
Pourrez-vous voir Hippodamie,
Expoſée à perir.

#### EURITE.

Ah ! que me dites-vous !

#### HERMILIS.

Pour ſervir nos tranſports jaloux
Je puis déchaîner les Furies.
Mais mon art ne ſçauroit borner leur barbaries,
Elles peuvent aller plus loin que je ne veux.

Mon ingrat doit perir , peut-être la Princesse....
Vous frémissez , ah ! l'amour malheureux
Doit-il avoir tant de foiblesse ?

### E U R I T E.

Prêt à perdre l'objet dont je fus enchanté
Puis-je être sans inquietude ?
Ah ! si je me souviens de son ingratitude
Je me souviens encor de sa beauté.

### H E R M I L I S.

Une odieuse préférence
Doit briser un fatal lien,
Sur votre cœur est-elle sans puissance
Quand elle peut tout sur le mien ?

Vous qui sçavez obscurcir la lumiere
Du Dieu brillant qui nous éclaire ,
Vous qui faites gronder la foudre dans les airs ;
Vous qui pouvez aller jusqu'au fond des Enfers
Rompre les chaînes de Cerbere ,
Votre secours m'est nécessaire
Volez , venez à moi du bout de l'Univers.

# SCENE III.

*Les Magiciens arrivants de toutes parts.*

## HERMILIS, EURITE.

### CHOEUR.

TA voix redoutable.
Nous raſſemble tous.
Que veux-tu de nous ?
Si quelque coupable
Arme ton courroux,
Qu'il craigne nos coups
Qu'il ſoit ta victime.
Que ſon cœur percé,
Que ſon ſang verſé,
Puniſſe ſon crime :
Tout doit conſpirer
Pour te ſatisfaire,
L'Enfer pour te plaire
Contre un téméraire
Va ſe déclarer.
Dis-nous ton offence.

Et de ta vengeance
Tu peux t'affurer.

*On danfe.*

### HERMILIS.

J'aime Pirithoüs, & fon mépris m'outrage ;
Je veux qu'il periffe en ce jour,
Et que l'objet de fon amour;
De ce Prince foit le partage.

*Montrant Eurite.*

Invoquez l'Enfer, hâtez-vous,
Joignez-vous à ma voix pour fervir mon couroux.

### LE CHOEUR *repete.*

Invoquons l'Enfer, hâtons-nous.
Joignons-nous à fa voix pour fervir fon couroux.

### HERMILIS.

Divinitez de l'Acheron,
Secondez notre ardent courage :
Que Tifiphone, Erinnis, Alecton,
Au Lapithe étonné faffent fentir leur rage,
Qu'elles faffent fifler leurs ferpents furieux ;
Que dans le Feftin qu'on prépare,
La mort barbare . . . . . . . . .

*Dérobe*

Dérobe tout un peuple à la clarté des Cieux,
    Qu'en vain il implore les Dieux.

### LE CHOEUR *Repete.*

Divinitez de l'Acheron,
    Secondez notre ardent courage.
Que Tifiphone, Erinnis, Alecton,
Au Lapithe étonné faſſent ſentir leur rage,
Qu'elles faſſent ſifler léurs Serpents furieux.
    Que dans le feſtin qu'on prépare,
        La mort barbare
Dérobe tout un peuple à la clarté des Cieux,
    Qu'en vain il implore les Dieux.

*Bruit ſouterain.*

### HERMILIS.

Ce bruit affreux nous fait connoître
    Qu'on nous entend aux Enfers.
    Ses abîmes ſont ouverts,
Les noires Déïtez à nos yeux vont paroître.

*Ici la Diſcorde ſuïvie des trois Furies ſort des Enfers.*

### LA DISCORDE *à Hermilis.*

Tu n'as pas vainement reçours
    Au tenebreux rivage,

                              G

 **PIRITHOUS,**

Efpere tout de fon fecours,
La Difcorde t'apprend qu'il reçoit ton hommage.

**EURITE, HERMILIS, LA DISCORDE.**

Lancez vos } nos traits enflâmez,
Lançons

Portez par tout } le ravage.
Portons

Faifons triompher la rage
Dont nos cœurs font animez.

**LA DISCORDE**

Au feftin ordonné par le Dieu de la Thrace,
Je tiendrai la premiere place.
Je troublerai tous les efprits.
Du Centaure fauvage,
Je redoublerai le courage.
Le Lapithe entouré, furpris,
Tombera fous des coups terribles.
Les Eumenides invifibles,
Porteront par tout la terreur.

*à Eurite.*

Dans ce combat rempli d'horreur;
Ou par le fer, ou par la flâme

La mort exercera sa barbare fureur
En impitoyable vainqueur.
Saisis-toi de l'objet qui regne dans ton ame.

EURITE, HERMILIS, LA DISCORDE.

Lancés vos { nos traits enflâmés
Lançons

Portés par tout { le ravage
Portons

Faisons triompher la rage
Dont nos cœurs sont animés.

*La Discorde sort.*

EURITE, HERMILIS.
Rendons graces aux sombres bords,
Ils prennent soin de notre gloire.
A leurs invincibles efforts
Nous allons devoir la victoire.
CHOEUR.
Rendons graces aux sombres bords,
Ils prennent soin de notre gloire.
A leurs invincibles efforts
Nous allons devoir la victoire.

*Fin du quatriéme Acte.*

G ij

# ACTE CINQUIE'ME.

*Le Theatre represente une belle Campagne avec des Ha-*
*meaux, & le Mont-Othris dans l'éloignement.*

# SCENE PREMIERE.

## HIPPODAMIE.

**R**Evenés aimable esperance,
Effacés de mon cœur un triste souvenir;
Le Ciel embrasse ma deffence,

Et je puis me flater d'un heureux avenir.....

Fuyez triſtes ennuis, laiſſez en paix ma flâme,
   L'eſpoir vient regner dans mon ame.

   Le devoir, la gloire, & l'amour,
Tout me rend cher le Heros que j'adore :
Les maux que j'ai ſoufferts juſqu'à ce jour,
   Me le rendent plus cher encore.

J'aime, je ſuis aimée, & je touche au moment
   Qui rend mon ſort digne d'envie.
   C'eſt le ſeul inſtant de ma vie
Où j'ai goûté ſans trouble un plaiſir ſi charmant.

Fuyés triſtes ennuis, laiſſez en paix ma flâme,
   L'eſpoir vient regner dans mon ame.

*Symphonie champêtre.*

   Les Bergers des prochains Hameaux,
Chantent déja la paix au ſon de leurs muſettes;
Puiſſent-ils à jamais dans ces belles retraites,
   Joüir du plus heureux repos.

*Elle ſort.*

G iij

# SCENE II.

*Fête de Bergers.*

## CHOEUR.

L E Ciel annonce à nos defirs
 Une tranquilité durable,
L'attente des plaifirs,
En eft un veritable.

*On danfe.*

*Deux Bergers*

La paix & l'innocence
Regnent dans notre cœur;
La flateufe efperance
Nourrit notre langueur.

Quand la perfeverance
Couronne notre ardeur,
Une heureufe conftance
Fixe notre bonheur.

*On danfe.*

*Une Bergere avec le Chœur.*

Joüiſſons en aſſurance
Des plaiſirs les plus parfaits ;
Allons au devant des traits
Que le Dieu d'amour nous lance ;
N'en craignons point les effets ;
Juſques dans leur violence
Il ſçait mêler des attraits.

*On danſe.*

### UNE BERGERE

Amour ! remporte la victoire,
Regne ſur nous charmant vainqueur.
Tu ne peux ſonger à ta gloire,
Sans ſonger à notre bonheur.

### LE CORIPHEE

La cruelle Hermilis s'avance,
Fuyons, évitons ſa preſence.

*Les Bergers ſe retirent.*

# SCENE III.

## HERMILIS.

Voici l'inftant où ma fureur
    Va faire ici regner l'horreur.
Crains une vangeance fatale
    Trop heureufe Rivale
Ce fer va te percer le cœur.

Quel étoit mon deffein, eh quoi ! pour fatisfaire
    Les mouvemens d'un aveugle colere
    J'ai pû jurer la perte d'un heros
    Il eft ingrat, mais je l'adore,
Son fang n'éteindroit point le feu qui me dévore
    Il ne feroit que redoubler mes maux.

    Demons, prenez foin de fa vie.
    Pour fervir mon jufte couroux,
Il fuffit de livrer à mes tranfports jaloux
    Ma fatale ennemie :
Quel plaifir de la voir expirer fous mes coups.
    Que je la hais ! hélas ! fans elle,

Senfible

Senfible à mon ardeur fidelle
Je verrois ce heros peut être à mes genoux,
Je ne puis être trop cruelle
Pour qui m'enleve un bien fi doux.

Tu vas m'accufer de parjure,
Eurite, je le fçais, je te manque de foi ;
Mais l'amour dans mon cœur plus fort que la nature
M'en impofe la Loi.

CHOEUR *qu'on entend derriere le Theatre.*

Frappons, verfons un fang perfide,
Malheureux, tombez fous nos coups :
Periffez tous.
Suivons la fureur qui nous guide.

HERMILIS.

Quel bruit affreux ! ah ! je frémis d'horreur !
Mon malheur eft certain quelque foit le vainqueur.

*Le même Chœur.*

H

## SCENE IV.

### LA DISCORDE, HERMILIS,
*dans un Nuage enflâmé.*

#### LA DISCORDE.

J'Ai promis de te vanger,
Pirithoüs, Thefée, Hippodamie,
Courent le même danger
Et je te fers au gré de ton envie.

#### HERMILIS.

Implacable Divinité,
Ah ! ç'en eft trop, fufpend tes barbaries.

#### LA DISCORDE.

Avec fi peu de fermeté
Doit-on implorer les Furies ?

Je méprife tes pleurs, tes foupirs ton effroi,
Je m'applaudis de ton fupplice.

Que ton Frere fuccombe, ou ton Amant périfſe
Qu'importe ; je triomphe , & c'eſt aſſez pour moi.

*Le même Chœur.*

*Ici l'on voit Hippodamie qui traverſe le Théatre
enlevée par une troupe de Centaures.*

### HIPPODAMIE *en paſſant.*

.... Grands Dieux ! ſauvez Pirithoüs.

### HERMILIS.

Hélas ! en ce moment peut-être il ne vit plus. .
Sa tendreſſe pour ma Rivale
Le faiſoit voler ſur tes pas.
Il ne vit plus ! ô douleur ſans égale !
Malheureuſe, c'eſt moi qui cauſe ſon trépas.

### LA DISCORDE.

Ta douleur redouble ma rage
Pleure, gemis, je cours achever mon ouvrage.

*Elle ſort.*

*Le même Chœur.*

### HERMILIS.

Que vois-je ? ô Ciel !

H ij

# SCENE V.

### PIRITHOUS, HERMILIS.

#### PIRITHOUS *en entrant.*

JE viens de me vanger.
Dans le sang d'un Tyran j'ai lavé mon offence.

#### HERMILIS.

Tout couvert de son sang viens-tu pour m'outrager,
Verse le mien, cruel ! acheve ta vangeance ;
Frappe. ... qui te retient ? ne puis-je t'irriter ?
Accorde à ma douleur le trépas qu'elle implore.
Mais non, pour la voir augmenter
Tu veux me laisser vivre encore.

#### PIRITHOUS.

Fuyez loin de ces lieux. Mais l'objet que j'adore
Ne s'offre point à mes regards ;
Je porte en vain les yeux de toutes parts.

#### HERMILIS.

Tu ne la verras point, on l'enleve à ta flâme,
Tu la perds pour jamais.

#### PIRITHOUS.

Qu'entends-je! quels nouveaux forfaits!
Quel trouble affreux s'empare de mon ame!
S'il en est tems encor, allons la secourir,
Courons la vanger ou périr.

# SCENE VI.

### THESE'E, HIPPODAMIE, HERMILIS.
*Troupe de Lapithes & d'Atheniens.*

#### THESE'E *à Pirithoüs.*

VOus n'avés plus besoin du secours de vos
   armes,
  Tout est tranquile en ce séjour;
  Recevés de mes mains l'objet de votre amour,
Joüissés à jamais d'un bonheur plein de charmes.

#### HIPPODAMIE & PIRITHOUS.
  O jour cent fois heureux!

#### PIRITHOUS *à Thesée.*

Que ne devons-nous pas à vos soins genereux!

#### HERMILIS *à Pirithoüs.*

  C'est à moi d'achever ta funeste victoire,
Barbare, voi couler mon sang avec mes pleurs.

Elle se frappe.<br>H iij

HIPPODAMIE.

Quel defefpoir affreux !

HERMILIS.

Je meurs.

THESEE.

Perdons de fes fureurs l'odieufe mémoire.

Le Dieu Mars n'eft plus irrité,
Il vous fait triompher d'un ennemi barbare,
Sa bonté pour vous fe declare,
Rien ne fçauroit troubler votre felicité.

CHOEUR.

Le Dieu Mars n'eft plus irrité,
Il nous fait triompher d'un ennemi barbare;
Sa bonté pour nous fe declare,
Rien ne fçauroit troubler notre felicité.

*Fin du cinquiéme & dernier Acte.*

---

APPROBATION.

J'Ai lû par l'ordre de Monfeigneur le Garde des Sceaux *Pirithoüs*, Tragedie, pour le Theatre de l'Opera, & j'ai cru que cette Piece foutenuë par les agrémens de la Mufique pourroit attirer les fuffrages du Public. Fait à Paris ce 30. Novembre 1722.

*Signé,* DANCHET.

---

A PARIS, De l'Imprimerie de J. B. LAMESLE, ruë des Noyers. 1713.

# CATALOGUE

## DES LIVRES NOUVEAUX

qui se vendent à Paris chez la Veuve de P I E R R E  R I B O U , seul Libraire de l'Académie Royale de Musique, Quay des Augustins , vis-à-vis la descente du Pont-Neuf , à l'Image S. Loüis , Nov. 1722.

LES glorieuses Conquêtes de Loüis le Grand, Roi de France & de Navarre , où sont représentées les Cartes, Profils , Plans des Villes avec leurs attaques , conquises par sa Majesté , tant en Catalogne, Roussillon, Lorraine, cours du Rhin , que dans les dix - sept Provinces des Pays-Bas, dédiées au Roi. *Par le Chevalier de Beaulieu , Chevalier de l'Ordre du Roi , Ingenieur , & Maréchal des Camps & Armées de sa Majesté* , 4. vol. in 4°.          40. liv.

Dictionnaire pratique du bon Menager de Campagne & de Ville, qui apprend generalement la maniere de nourrir , élever & gouverner , tant en santé que malades, toutes sortes de Bestiaux, Chevaux & Volailles ; de sçavoir mettre à son profit , tout ce qui provient de l'Agriculture , de faire valoir toutes sortes de Terres , Prez , Vignes & Bois ; de cultiver les Jardins , tant Fruitiers , Potagers, que Jardins Fleuristes ; de conduire les Eaux, & faire generalement tout ce qui convient aux Jardins d'Ornemens : Avec un Traité de tout ce qui concerne la Cuisine , les Confitures , la Pâtisserie , les Liqueurs de toutes sortes ; les chasses différentes , la Pêche & autres divertissemens de la Campagne ; les mots Latins de tout ce qu'on traite dans ce Livre, & quelques Remarques curieuses, sur la plûpart ; le tout en faveur des Etrangers, & de tous ceux qui se plaisent à ces sortes de lectures. Ouvrage très - utile dans les Familles. Par le Sieur *Loüis Liger* , in 4. 2. vol.          12. liv.

Abregé Chronologique de l'Histoire de France, *par le Sieur de Mezerai* , Historiographe de France. Nouvelle édition, augmentée de l'origine des François, & de leur établissement dans les Gaules ; de l'état de la Religion , & de la conduite de l'Eglise dans les Gaules jusqu'au Regne de Clovis, & de la Vie des Reines que l'on a tirée de sa grande Histoire imprimée en 1685. en 3. vol. in folio, in quarto 3. vol.          40 liv.

——— *Idem* in 12. 10 vol.          40. liv.

L'Histoire de France sous le Regne de Loüis XIV. Par M. *Larey* , 9. vol. in 12.          30. l.

Les Loix Civiles dans leur ordre naturel , le Droit public, & *Legum delectus* , folio 2. vol. *sous presse.*          20. liv.

Zayde , Histoire Espagnole *par M. de Segrais* , avec l'origine des Romans, 2 vol. in 12. 5. liv.

Amusemens serieux & comiques , par M. du Fresny , in 12.

Les Œuvres de *Clement Marot de Cahors , Valet de Chambre du Roi* , revûës & augmentées de nouveau , in 12. 2 vol.          5. l.

Histoire de l'admirable Dom Quichotte de la Manche, in 12. 6. vol. avec Figures , nouvelle Edition, continuée jusqu'à sa mort.          30. liv.

Lucien de la Traduction de *M. d'Ablancourt* , avec des remarques sur cette Traduction , in 12. 3 vol.          9 liv.

Traduction des Satyres de Perse & de Juvenal , par le R. P. Tarteron de la Compagnie de Jesus , nouvelle Edition, corrigée & augmentée , 1714.          3. liv.

Fables choisies , mises en Vers *par M. de la Fontaine* , enrichies de Figures, in 12. 5. vol. *sous presse.*          9. liv.

Les mêmes en un Volume.          2. l. 10. s.

Histoire de la Conquête du Mexique , ou de la Nouvelle Espagne , par *Fernand Cortez* , traduite de l'Espagnol , in 2. vol. nouvelle Edition avec Figures.          6. liv.

Histoire de la découverte & de la conquête du Perou, traduite de l'Espagnol , in 12. 2. vol.

avec Figures. *6. l.*

Inſtructions pour les Jardins fruitiers & potagers, avec un Traité des Orangers, & des réflexions ſur l'Agriculture. Par *M. de la Quintinie*, Directeur des Jardins Fruitiers & Potagers du Roi, avec une nouvelle inſtruction pour la culture des Fleurs. Nouvelle édition, augmentée de la culture des Melons, de la maniere de tailler les Arbres fruitiers, d'un Dictionnaire des Termes dont ſe ſervent les Jardiniers en parlant des Arbres, & d'une Table des matieres, 1716. *in 4o 2 vol.* 15 liv.

Les Œuvres de Lucrece, Traduction nouvelle, augmentée de nouvelles remarques du *Baron des Coûtures*, in 12 1 vol. 6 liv.

Nouvelle & parfaite Grammaire Françoiſe, où l'on trouve en bel ordre tout ce qui eſt de plus neceſſaire, & de plus curieux pour la pureté l'orthographe, & la prononciation de cette langue, par *le R. P. Chiflet, de la Compagnie de Jeſus*, huitiéme Edition, corigée & augmentée d'une Methode abregé de l'ortographe, de Regles & Remarques ſur toutes les Lettres de *l'Alphabet. in 80.* 2. l. 10. ſ.

Traduction nouvelle de Roland l'Amoureux, par *M. le Sage*, 2 vol. *in 12.* ornés de figures. 5 liv.

Traduction nouvelle des Odes d'Anacreon, par *M. de la Foſſe*, ſeconde édition augmentée de deux Odes, l'une de Pindare, & l'autre d'Horace, *in 12.* 3 liv.

Nouvelle Grammaire Eſpagnole, par *M. Perger*, in 12. 2 l. 10. ſ.

Voyage d'Alep à Jeruſalem, *in 12.* 2 l. 10 ſ.

L'Arithmetique de M. le Gendre, derniere édition 1718. augmentée de la maniere de compter aux Jettons, *in 12.* 2 l. 10 ſ.

La Comteſſe de Mortagne, *in 12.* 2. l. 10. ſ.

Le Jeu de l'Hombre, augmenté des décifions nouvelles, & des Regles ſur les incidens de ce Jeu, avec la maniere de marquer à la Bavaroiſe, nouvelle édition, *in 12.* 2 liv.

Hiſtoire de la Virginie, contenant celle de ſon établiſſement & de ſon gouvernement juſqu'à préſent, les productions naturelles du Pays, la Religion, les Loix & les Coutumes des Indiens naturels, *par un Auteur natif & habitant de ce pays-là, in 12.* enrichie de figures en taille douce. 3 liv.

Ecole parfaite des Officiers de Bouche, qui enfeigne les devoirs du Maître-d'Hôtel & du Sommelier, la maniere de faire les Confitures feches & liquides, les liqueurs, les Eaux, les Parfums, la Cuiſine, à découper les Viandes, & à faire la Pâtiſſerie; *huitiéme Edition*, corrigée & augmentée des Pâtes nouvelles, & des nouveaux Ragoûts qu'on ſert aujourd'hui. Avec des modeles pour dreſſer les Services de Table, *in 12.* 1715. 2 l. 10. ſ.

Les Œuvres de M. le Noble, Baron de S. George, contenant Zulima, Mylord Courtenai, l'Ecole du Monde, l'hiſtoire de l'établiſſement de la République d'Hollande, Relation de l'état de Genes, Abramulé, Ildegerte: ſes Paſquinades, Epicaris ou l'hiſtoire ſecrette de la conjuration de Piſon contre Néron, & celle des Pazzi contre les Medicis, ſes Promenades, ſes Contes, Fables & Poëſies, les Avantures Provinciales, ou le voyage de Falaiſe, l'Avare genereux, la fauſſe-Comteſſe d'Iſamberg, Eſope Comedie, Uranie ou le Tableau des Philoſophes, Diſſertation ſur la naiſſance de Jeſus-Chriſt, l'Eſprit de David avec la Traduction de ſes Pſeaumes, & de courtes Reflexions 19. *vol. in 12* 40. liv.

L'Ambiguë d'Auteüil, ou veritez hiſtoriques, compoſées du Joüeur, du Nouvelliſte, du Financier, du Critique, de l'Inconnu, du Sincere, du Subtil, de l'Hypocrite, & de pluſieurs autres perſonnages de differens caracteres, *in 2.* 2. l.

Les Avantures d'Apollonius de Tyr, Livre rempli d'événemens, & écrit dans le même ſtyle que Telemaque, par *M. le B... in 12.* 2. l.

Le Voyageur Fidele, ou le Guide des Etrangers dans la Ville de Paris; qui enſeigne tout ce qu'il y a de plus curieux à voir: les noms des Ruës, des Fauxbourgs, Egliſes, Monaſteres, Chapelles, Places, Colleges, & autres particularitez que cette Ville renferme; les Adreſſes pour aller de quartiers en quartiers, & y trouver tout ce qu'on ſouhaite, tant pour les beſoins de la vie, que pour autres choſes; Avec une Relation en forme de Voyage, des plus belles Maiſons qui ſont aux environs de Paris: le tout pour l'uſage & l'utilité des Etrangers, *in 12.* 2. l. 10. ſ.

Abregé de Geographie, & de tout ce qu'il y a de plus remarquable dans chacune des quatre grandes parties de la Terre, particulierement dans l'Europe & dans le Royaume de France: le tout mis en ordre pour pouvoir être appris & retenu facilement par cœur, avec les routes des poſtes de France & d'Eſpagne, dédié à S. A. S. Monſeigneur le Prince de Dombes, Par *M. Poncein, in 18.* 2. l.

L'Eloge de la Folie, compoſée en forme de Déclamation par *Eraſme de Roterdam*, avec quelques Notes de l'hiſtoire, & les belles fi-

gures de Holbenius : le tout sur l'original de l'Académie de Bâle ; piece qui représentant au naturel l'homme tout défiguré par la sottise, lui apprend agréablement à rentrer dans le bon sens. Traduction nouvelle ; par M. Guedeville, in 12. sous presse,   5. l.
La Princesse de Cleves, in 12. 2. vol.   3. l.

## THEATRE DE MESSIEURS

Corneille, nouvelle Edition, augmentée & enrichie de figures en taille-douce, 10. vol. in 12.
Racine, nouvelle Edition, 2. vol in 12.
Campistron, nouvelle Edition, augmentée d'une Tragedie & d'une Comedie, & ornée de figures,   4. l.
De la Fosse,   3. l.
Crébillon, augmenté de Sémiramis,   5. l.
Pradon:   3. l.
De la Grange, augmenté d'Ino & Melicerte, Tragedie, sous presse,   4. l.
Moliere, 8. vol. nouvelle Edit. 1718. augmentée de sa Vie, avec de nouvelles Remarques. 18. l.
Dancourt, 9. vol. nouvelle Edition, augmentée de plusieurs Pieces qui n'avoient point été imprimées dans les Editions précédentes, avec figures.   15. l.
Regnard, 2. vol.   6. l.
De la Font, sous presse.   3. l.
De Hauteroche, sous presse.   3. l.
De Nericaut Destouches, 2. vol.   4. l. 10. s.
De Baron, sous presse.   4. l.
Palaprat, seconde Edition, augmentée de plusieurs Comédies qui n'ont pas encore été imprimées, & d'un Recueil de Pieces en Vers, 2. vol.   6. l.
De Riviere, sous presse.   3. l.
Boindin.   3. l.
De Montfleury, 2. vol.   6. l.
De Rousseau, un vol.   3. l.
De Mademoiselle Barbier.   3. l.
Quinault, nouvelle Edition, augmentée d'un abregé de sa Vie, d'une Dissertation sur ses Ouvrages, & de l'origine de l'Opera, & de ses Opera, in 12. 5. vol. ornez de figures. 15. l.
Théatre François, ou Recueil des meilleures pieces de Théatre des anciens Auteurs, in 12. 5. vol.   9. l.
Théatre Lyrique avec une Préface où l'on traite du Poëme de l'Opera, & la Réponse à une Epître Satyrique contre ce spectacle, par M. le Br. in 12.   3. l.
Le onziéme volume des Opera, in 12.   3. l.
Les Œuvres de Scarron, in 12. 10. vol.   25. l.

---

*Pieces nouvelles & séparées à 15. sols piece.*

Mahomet II.
Idomenée.
Atrée.
Electre.
Caton d'Utique.
Absalon.
Cyrus.
Les Tyndarydes.
Saül.
Médée.
Herode.
Ino & Melicerte.
Polydore.
La mort d'Ulysse.
Mustapha.
Jonathas.
Habis.
Agrippa, ou le faux Tiberinus.
Marius.
Oedipe.
} *Tragedies*

Le Curieux Impertinent.
Les Agioteurs.
L'Amour Charlatan.
Le Naufrage.
Danaé.
Turcaret.
Crispin Rival.
Le Jaloux désabusé.
Les Métamorphoses.
L'Amour vangé.
Esope à la Ville.
L'Usurier Gentilhomme.
Esope à la Cour.
L'Ecole des Amans.
} *Comedies*

Les Fêtes du Cours.
Le Verd Galant.
Sancho Pansa, Gouverneur.
La Devineresse.
L'Impromptu de Suresne.
Les trois Freres Rivaux.
La Coquette de Village, ou le Lot supposé.
La Coupe enchantée.
L'Aveugle clairvoyant.
Momus, Fabuliste.
} *Comedies*

Les Airs notez des Comedies Françoises, par M. Gilliers, in 4.

Medée.
Les Amours déguifez.
Afion.
Telephe.
Les Fêtes de Thalie.
Telemaque.
Les Plaifirs de la Paix.
Theonoé.
Ajax.
Les Plaifirs de l'Eté.
Ariane.
Hypermneftre.
Camille.
Iffé.
Le Jugement de Paris.
Les âges.
Semiramis.
Polidore.

} *Opera en paroles.*

Telephe, Opera, noté.
Medée, noté.
Les Plaifirs de la Paix, noté.
Le quatriéme Livre des Motets *de M. Campra.*

*Et toutes les autres Pieces de Theâtre, tant anciennes que nouvelles.*

Le nouveau Theâtre Italien, 2. *vol.* 6. 1.
Oeuvres de M. Defpreaux, avec des éclairciffemens hiftoriques donnez par lui-même, 2. *vol. in 4.* 20. 1.
———— *idem.* Grand Papier. 38. 1.
La connoiffance parfaite des Chevaux, contenant la maniere de les gouverner, nourrir & entretenir en bon corps, & de les conferver en fanté dans les voyages ; avec un détail general de toutes leurs maladies, des fignes & des caufes d'où elles proviennent, des moyens de les prévenir, & de les en guérir par des remedes expérimentez depuis long-tems, & à la portée de tout le monde. Jointe à une nouvelle inftruction fur le Haras, bien plus étenduë que celles qui ont paru jufqu'à préfent, afin d'élever de beaux Poulains pour toutes fortes d'ufages. On trouve auffi dans ce Livre l'Art de monter à Cheval, & de dreffer les Chevaux de Manege, tiré des meilleurs Auteurs qui en ont écrit. Le tout enrichi de figures en taille douce, *in 8.* 4. 1.
Nouveau Recuëil des plus beaux fecrets de Medecine pour la guerifon de toutes fortes de maladies, bleffures & autres accidens qui furviennent au corps humain, & la maniere de préparer facilement dans les Familles, les remedes & les médicamens qui y font néceffaires, avec un Traité des plus excellens préfervatifs, contre la pefte, fiévres peftilentielles, pourpre, petites veroles, & toutes fortes de maladies contagieufes, donnez par une perfonne charitable, augmenté des véritables Secrets naturels de *M. Lemery,* qui regardent la nature & l'art, avec d'autres Secrets fort curieux, & tirez de ce qu'il y a de meilleurs Auteurs en ce genre. 2. *vol. in 12.* 5. 1.
Hiftoire de Gilblas de Santillanne, par *M. le Sage,* 2. édition, 2. *vol. in 12.* ornée de Figures, 5. 1.
Le troifiéme *vol. fous preffe.*
L'Imitation de JESUS-CHRIST en vers, *par M. Corneille,* in 12. ornée de figures, 2. 1.
Anecdotes du Miniftere du Cardinal de Richelieu, & du Regne de Loüis XIII. avec quelques particularitez du Commencement de la Regence d'Anne d'Autriche. 2. *vol.* in 12. 5. 1.
Voyages de Jean Struys, nouvelle édition, *in 12.* 3 *vol.* 9. 1.
D. Pedrile del Campo, *in 12. avec figures.* 3. 1.
Les penfées fur la Comette, 4. *vol.* 16. 1.
Hiftoire Comique de *Francion,* 2. *vol.* 6. 1.
Voyage de *Thomas Gage,* 2. vol. 6. 1.
Anecdottes de l'Empire Ottomanne, 4. vol. 6. 1.
Tacite d'Amiot, 20. 1.
Les Oeuvres de *Madame de Villedieu,* nouvelle Edition, 12. *vol.* 30. 1.
Herodote, 3. vol. 7. 1. 10. f.
Thucidide, 3. vol. 7. 1. 10. f.
Hiftoire Univerfelle, par *Petaux,* 5. vol. 20. 1.
Hiftoire Univerfelle, *par M. de Meaux,* 2. vol. 6. liv.
Contes des Fées, 8. vol. 16. liv.
Hiftoire du Triumvirat, 8. 1.
Lettres de *Pline,* 12. 1.
L'Art de parler François, 7. 1. 10. f.
Hiftoire de la Bible de *Royaumont,* 3. 1.
Morale Chrétienne, 4. 12. 1.
La Perpetuité de la Foi, 3. vol. 25. 1.
Les Voyages de *M. Tavernier, fous preffe,* 6. vol. *in 12.*
Introduction à l'Hiftoire generale & politique de l'Univers, par *le Baron de Puffendorf,* in 12. 20. 1.
La Vie des Saints, du Pere *Giry, in folio,* 3. vol. 40. 1.
———— Idem, 2. vol. 30. 1.
La Geometrie du Pere Lami, *in 40.* 10. 1.

www.ingramcontent.com/pod-product-compliance
Ingram Content Group UK Ltd.
Pitfield, Milton Keynes, MK11 3LW, UK
UKHW022117070726
13613UKWH00003B/1128